Este libro pertenece a:

_____

_____

_____

A mi hija, Anna,

¡Quien quería un unicornio con tutú!

Puedes consultar nuestro catálogo en www.picarona.net

¡Nunca dejes que un unicornio se ponga tutú!
Texto e ilustraciones: *Diane Alber*

1.ª edición: noviembre de 2024

Título original: *Never Let a Unicorn Wear a Tutu!*

Traducción: *Júlia Gumà*
Maquetación: *El Taller del Llibre, S. L.*
Corrección: *Sara Moreno*

© 2021, Diane Alber
www.dianealber.com
(Reservados todos los derechos)

© 2024, Ediciones Obelisco, S. L.
www.edicionesobelisco.com
(Reservados los derechos para la lengua española)

Edita: Picarona, sello infantil de Ediciones Obelisco, S. L.
Collita, 23-25. Pol. Ind. Molí de la Bastida
08191 Rubí - Barcelona - España
Tel. 93 309 85 25
E-mail: picarona@picarona.net

ISBN: 978-84-9145-772-5
DL B 15.210-2024

Impreso en SAGRAFIC
Passatge Carsí, 6 - 08025, Barcelona

Printed in Spain

Reservados todos los derechos. Ninguna parte de esta publicación, incluido el diseño de la cubierta, puede ser reproducida, almacenada, transmitida o utilizada en manera alguna por ningún medio, ya sea electrónico, químico, mecánico, óptico, de grabación o electrográfico, sin el previo consentimiento por escrito del editor. Dirígete a CEDRO (Centro Español de Derechos Reprográficos, www.cedro.org) si necesitas fotocopiar o escanear algún fragmento de esta obra.

Hoy he escuchado a mi amiga decir:

—¡NUNCA DEJES QUE UN UNICORNIO SE PONGA TUTÚ!

Por desgracia, no he tenido ocasión de preguntar por qué.
Ahora tengo este fantástico tutú para mi UNICORNIO,
¡y no sé muy bien qué hacer con él!

Este tutú es específicamente

¡APTO PARA UNICORNIOS!

¡Eso es lo que dice en la etiqueta! ¿Qué podría salir mal?

A continuación, ¡DIO VUELTAS!

Después de eso, ¡SALTÓ!

¡Fue genial verle tan FELIZ!

Luego, hizo algo que no me esperaba...

¡Salió corriendo!

—¿A DÓNDE VAS?

—grité.

¡Pronto me lo encontré buscando
entre mis zapatos!
Aparentemente, un TUTÚ
debe ir conjuntado con los zapatos...

Después de ponerle las botas a UNICORNIO, él quiso que yo también llevara unas botas bonitas.

Al principio me resistí, pero finalmente accedí.

Pero luego echó a correr...
¡DE NUEVO!

Después de que UNICORNIO se pusiera lazos en la melena y la cola, ¡quiso que yo también los llevara! Y una vez más, ¡salió corriendo!

—¿¡A DÓNDE VAS AHORA!?

—le grité.

Después de que UNICORNIO se cubriera de joyas, quiso que yo también las llevara...

Pero luego se fue corriendo... ¡OTRA VEZ!

¡UNICORNIO se dirigió directamente a la cocina y empezó a lanzarme MAGDALENAS!

Milagrosamente, todas las magdalenas cayeron perfectamente en el plato. Pensé que UNICORNIO estaría extasiado.

¡HABÍA SALVADO TODAS LAS MAGDALENAS!

Pero en lugar de eso, una lágrima corrió por su mejilla.

Parecía tan disgustado...

Intenté comprender lo que había pasado, pero no pude entender lo que UNICORNIO intentaba decir.

Empecé a pensar que si yo fuera un unicornio, con un increíble tutú, botas bonitas, lazos brillantes, joyas deslumbrantes y deliciosas magdalenas...
¿POR QUÉ ESTARÍA TRISTE?

¡UNICORNIO me hizo sentir especial todo el día!
Me incluyó en sus juegos desde el minuto en que se probó el TUTÚ,
las botas bonitas, los lazos para el pelo y las joyas deslumbrantes.
¡Incluso me invitó a comer las deliciosas magdalenas!

Ahora todo tiene sentido...

NUNCA DEJES QUE UN UNICORNIO SE PONGA TUTÚ

a menos que...

¡TÚ TAMBIÉN LLEVES UNO A JUEGO!

Fin